Das Gemälde

Julia Schnur

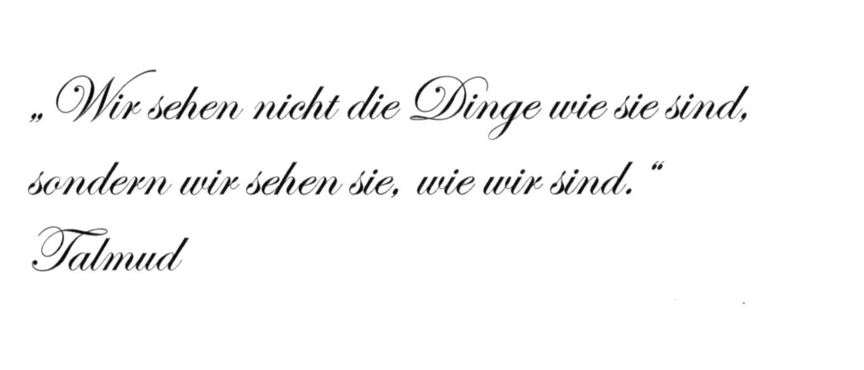

Über mich:

Ich, Julia Schnur, wurde 1995 in Deutschland geboren.

Alle meine Werke findet ihr unter: https://www.amazon.de/Julia-Schnur/e/B0BGLW6N6R?ref=sr_ntt_srch_lnk_fkmr0_1&qid=1669731225&sr=8-1-fkmr0

1. Auflage

Bilder/Illustrationen: https://pixabay.com/de/

Herstellung und Verlag:
BoD - Books on Demand, Norderstedt
ISBN: 9783756870035

Bibliografische Information der Deutschen Nationalbibliothek:

Die Deutsche Nationalbibliothek verzeichnet diese Publikation in der Deutschen Nationalbiografie; detaillierte bibliografische Daten sind im Internet über www.dnb.de abrufbar.

Vorwort

Wie es zu diesem Heftchen kam

Gewiss würde kaum eine Autorin oder ein Autor von sich behaupten, nicht schreiben zu können. Das mache ich auch nicht. Mit Hinblick auf meine bisherigen Werke muss ich jedoch zugeben, dass ich noch ziemlich am Anfang stehe. Besonders in Richtung Roman, Kurzroman oder Schmöker-Heftchen stecke ich sprichwörtlich noch in den Kinderschuhen.

Zum Glück muss ich meine ersten Schritte nicht allein gehen. So hatte ich in diesem Fall das Glück, auf einem Textmarkplatz einen wunderschönen Text samt Urheberrecht zu erwerben. An dieser Stelle somit auch einen herzlichen Dank an die ursprüngliche Autorin. (Ich weiß nicht, ob sie genauer genannt werden will und lasse es darum).

Den Text- auch wenn er für ein richtiges Buch zu kurz ist- fand ich einfach zu unterhaltend, um ihn unveröffentlicht zu lassen. Allerdings habe ich an der einen oder anderen Stelle Veränderungen vorgenommen und mich selbst mit eingebracht.

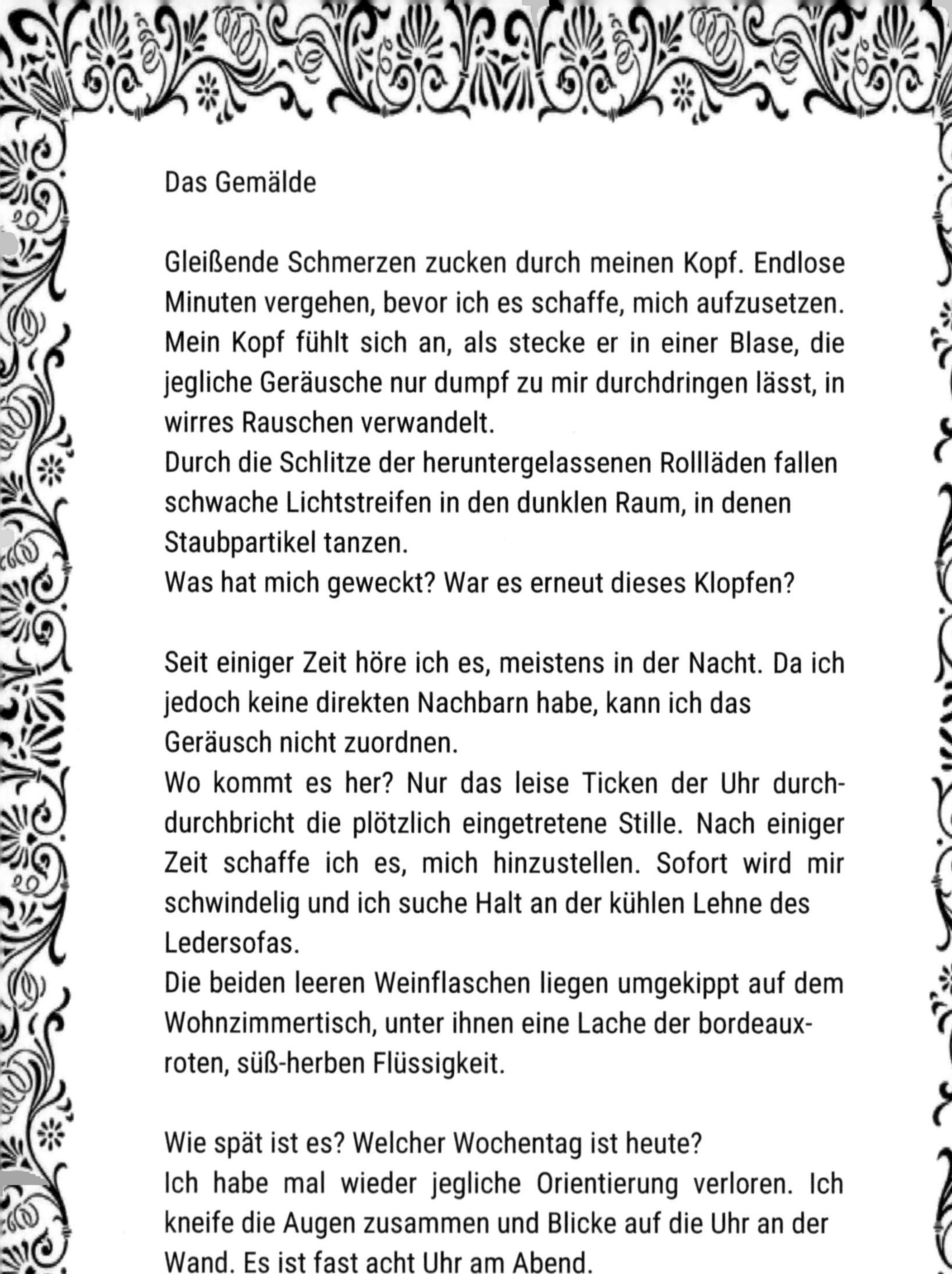

Das Gemälde

Gleißende Schmerzen zucken durch meinen Kopf. Endlose Minuten vergehen, bevor ich es schaffe, mich aufzusetzen. Mein Kopf fühlt sich an, als stecke er in einer Blase, die jegliche Geräusche nur dumpf zu mir durchdringen lässt, in wirres Rauschen verwandelt.
Durch die Schlitze der heruntergelassenen Rollläden fallen schwache Lichtstreifen in den dunklen Raum, in denen Staubpartikel tanzen.
Was hat mich geweckt? War es erneut dieses Klopfen?

Seit einiger Zeit höre ich es, meistens in der Nacht. Da ich jedoch keine direkten Nachbarn habe, kann ich das Geräusch nicht zuordnen.
Wo kommt es her? Nur das leise Ticken der Uhr durch-durchbricht die plötzlich eingetretene Stille. Nach einiger Zeit schaffe ich es, mich hinzustellen. Sofort wird mir schwindelig und ich suche Halt an der kühlen Lehne des Ledersofas.
Die beiden leeren Weinflaschen liegen umgekippt auf dem Wohnzimmertisch, unter ihnen eine Lache der bordeaux-roten, süß-herben Flüssigkeit.

Wie spät ist es? Welcher Wochentag ist heute?
Ich habe mal wieder jegliche Orientierung verloren. Ich kneife die Augen zusammen und Blicke auf die Uhr an der Wand. Es ist fast acht Uhr am Abend.

Vorsichtig setze ich einen Fuß vor den anderen. Mit zittrigen Beinen gehe ich in die Küche, unter meinen nackten Füßen fühle ich die kalten Fliesen des Küchenbodens. Eine Gänsehaut überkommt mich. Das Klopfen ist nicht zu hören.

Mein Blick fällt auf das Gemälde im Flur- mein Gemälde. Es hängt schief. Während ich es wieder richte, frage ich mich, wie das passieren konnte. Beide Nägel sind noch fest in der Wand.
Ob es ein Erdbeben gegeben hat? Den Gedanken verwerfe ich gleich wieder. Davon wäre ich sicher aufgewacht. Zudem hat sich augenscheinlich nichts anderes im Haus verrückt oder verschoben.
Meine Augen verharren auf dem Bild und ich muss unwillkürlich lächeln, als ich mich zurückerinnere. Zurück an dem Moment, als Thomas und ich an jenem Ort waren.

Das Bild zeigt die Silhouette eines alten Baumes, der an einem großen See steht. Im Hintergrund erstrecken sich die Berge und das Szenario ist in einen warmroten Farbton getaucht- das Licht des Sonnenuntergangs, der sich im Hintergrund der Berge dezent abzeichnet. Ich denke an den Moment, an dem das Bild entstanden ist- als ich es malte.

„Wow, das ist ja wunderschön! Es siehst genauso aus wie unser See," hatte Thomas damals gesagt, als ich das Gemälde fertiggestellt hatte.

„Unser See“- so nannten wir diesen wundervollen Ort immer. Als wir frisch verliebt waren, hatten wir dieses Örtchen während eines Roadtrips für uns entdeckt und da wir nie gewusst hatten, welchen Namen der See hatte, war er für uns eben „unser See“ geworden.

Um diesen Moment für immer festzuhalten, hängte ich das Bild im Haus auf.

Zu diesem Zeitpunkt war mir noch nicht klar, wie es um uns stand. Da wusste ich noch nicht, dass Thomas eine Affäre hatte.
Erst einige Monate später hatte er es mir gestanden. Noch in derselben Nacht packte er seine Koffer und zog zu ihr. Das Bild ließ ich hängen. Ich brachte es nicht übers Herz, es zu verbannen.
Diese Erinnerung verursacht einen bitteren Beigeschmack in meinem Mund, ich spüre Galle in mir aufsteigen und unterdrücke den Reiz, mich zu übergeben.

Als ich mich bei dezentem Licht an meinen Arbeitstisch im Wohnzimmer gesetzt habe, starre ich auf das weiße Blatt. Mir will einfach nicht einfallen, wie und womit ich beginnen kann.

Schon lange habe ich nichts Produktives mehr auf die Beine gestellt. Verzweiflung breitet sich aus. Ich beschließe mit einer Tablette, die Kopfschmerzen zu unterdrücken. Doch mein Plan geht nicht auf, weswegen ich mir eine neue Flasche Wein aus dem Keller hole und sie schneller leere, als mir bewusst ist.
Mein Magen grummelt. Vielleicht sollte ich mal wieder etwas essen.

Eine halbe Stunde später kommt das Thaiessen, das ich mir bestellt habe. Ich stelle es zur Seite und blicke auf das leere, weiße Blatt. Als das Essen kalt geworden ist, wandert es unangerührt in den Mülleimer und ich hole mir eine neue Flasche Rotwein. Diese trinke ich auf dem Sofa, halbliegend und halbsitzend.

Obwohl ich am Tag mehr oder weniger geschlafen habe, neige ich dazu wegzudämmern. Plötzlich fahre ich schweiß gebadet hoch.
Duck,… duck,... duck,…
Da ist es wieder- das Klopfen!
Diesmal reagiere ich schneller, unterdrücke den Impuls, mich zu übergeben, richte mich auf und gehe schnellen Schrittes in die Richtung des Geräusches.

So abrupt es begonnen hat, so abrupt verstummt es wieder. Fassungslos stehe ich vor dem Gemälde.
Es hängt erneut schief.

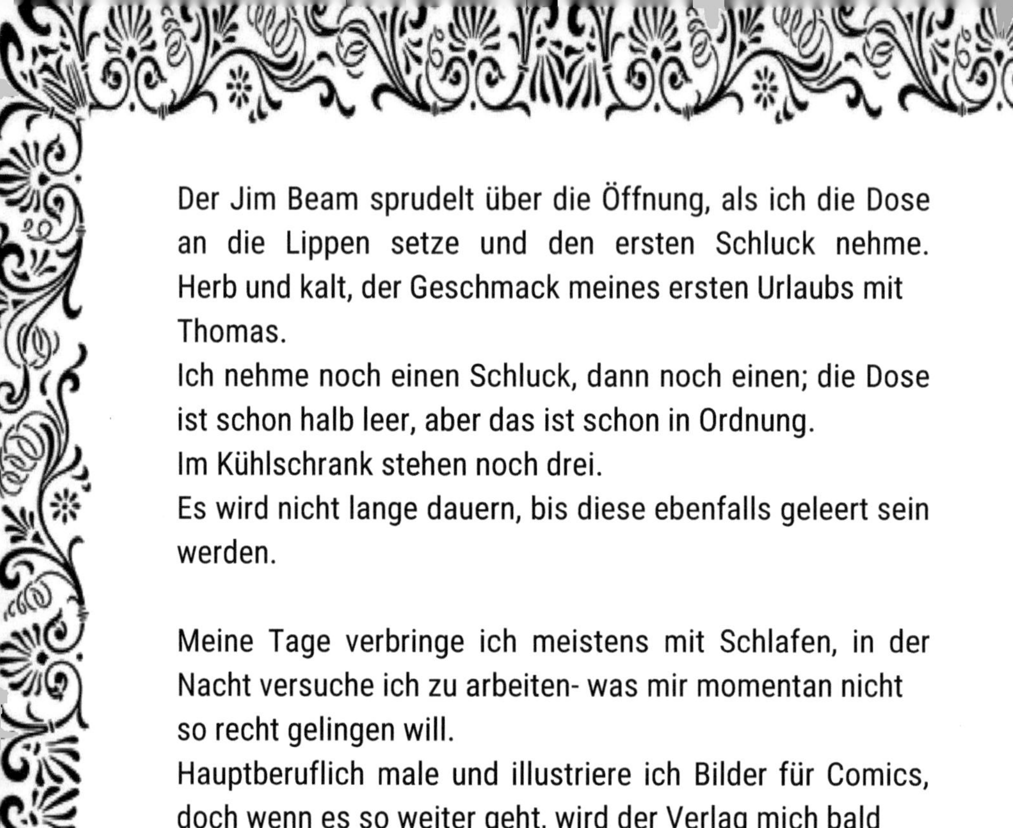

Der Jim Beam sprudelt über die Öffnung, als ich die Dose an die Lippen setze und den ersten Schluck nehme. Herb und kalt, der Geschmack meines ersten Urlaubs mit Thomas.

Ich nehme noch einen Schluck, dann noch einen; die Dose ist schon halb leer, aber das ist schon in Ordnung.

Im Kühlschrank stehen noch drei.

Es wird nicht lange dauern, bis diese ebenfalls geleert sein werden.

Meine Tage verbringe ich meistens mit Schlafen, in der Nacht versuche ich zu arbeiten- was mir momentan nicht so recht gelingen will.

Hauptberuflich male und illustriere ich Bilder für Comics, doch wenn es so weiter geht, wird der Verlag mich bald kündigen.

Ich bin fix und fertig, mein Hirn ist ganz wattig vor Schlaf. Wenn ich getrunken habe, schlafe ich so gut wie gar nicht. Ich falle für ein, zwei Stunden ins Koma, dann schrecke ich wieder hoch, krank vor Angst und angewidert von mir selbst.

Manchmal kommt mir Thomas' Stimme in den Sinn. Sie ist plötzlich in meinem Kopf und ich kann sie nicht unterdrücken.

„Judy? Ich bin`s." Seine Stimme ist bleiern, er klingt abgedämpft.

„Hör zu, du musst unbedingt damit aufhören, okay? Das kann so nicht weiter gehen. Bitte Judy, du musst aufhören, mich ständig anzurufen. Du musst dein Leben endlich in den Griff bekommen.“
Der Anrufliste meines Handys zufolge habe ich ihn vergangene Nacht viermal angerufen:
um 23:02 Uhr, 23:12 Uhr, 23:54 Uhr und um 00:09 Uhr.

Nach der Länge der Anrufe zu schließen habe ich zwei Nachrichten hinterlassen.
Vielleicht hat er sogar einen der Anrufe entgegengenommen? Ich kann mich nicht daran erinnern, mit ihm gesprochen oder auch nur seine Nummer gewählt zu haben.
Ich sehe ihn vor mir. Kopfschüttelnd legt er das Handy zur Seite und nimmt die neue Frau an seiner Seite in die Arme.

Das Messer in meinem Herz dreht sich weiter und weiter und weiter.

Irgendetwas liegt auf meinem Gesicht, ich kriege keine Luft mehr, ich ersticke.
Endlich tauche ich -atemlos und mit Schmerzen in der Lunge- wieder ins Wachsein auf. Ich merke, dass ich auf der Couch liege. Wie ich wieder hierhergekommen bin, ist mir nur schleierhaft in Erinnerung.
Ich setze mich auf. Da vernehme ich einen Schatten, der sich zur Zimmerdecke bewegt. Instinktiv weiten sich

meine Augen. Ich sehe, wie sich die Schwärze an der Zimmerdecke verdichtet und allmählich anwächst. Ich will schon aufschreien- doch dann bin ich endgültig wach und stelle fest, dass da nichts ist, ich aber dennoch aufrecht sitze und meine Wangen tränennass sind. Die Nacht hat sich schon eingestellt. Durch die noch immer heruntergelassenen Rollladen fallen nun keine Lichtstreifen mehr hinein. Dafür trommelt starker Regen gegen mein Fenster.

Sicher bin ich mir nicht, aber ich glaube, dass unten im Keller noch Wein ist.
Als ich fündig werde, schalte ich den Fernseher im Wohnzimmer ein und setze mich aufs Sofa.

Es dauert nicht lange, dann höre ich es wieder: das Klopfen.
Sofort springe ich auf und kippe dabei die halbvolle Flasche Wein um, die ich auf den Couchtisch stehen habe- schon das zweite Mal innerhalb weniger Tage.
Ich ignoriere es und stampfe verärgert in den Flur, kurz vor der Küchentüre bleibe ich stehen, starre ungläubig die Wand an - das Bild hängt schon wieder schief.
„Was willst du denn von mir?!" schreie ich wütend und reiße es von der Wand.

Ich will es in den Garten bringen, als ich innehalte. Das Bild rauszuschmeißen bringe ich einfach nicht übers Herz, dazu bin ich noch nicht bereit.

Ich drehe mich wieder um und hänge es langsam und sorgsam hin.
In dieser Nacht versuche ich, endlich ein Ergebnis fertigzustellen, das ich dem Verlag präsentieren kann. Etwas, das sie ein wenig besänftigen wird, denn heute Mittag habe ich einen wütenden Anruf erhalten. Ich habe erneut eine Frist verstreichen lassen und langsam werden sie ungeduldig.
Entgeistert starre ich auf das noch immer weiße Zeichenblatt vor mir.

Nur mühsam unterdrücke ich den Impuls, das Blatt abzureißen und zusammengeknüllt in den Mülleimer zu stopfen.
Vom Flur dringt das Klopfen zu mir hinein. So kann ich nichts machen. Ich nehme meine Utensilien und stürme die Treppe hinauf. Auch hier ist das Klopfen noch wahrzunehmen.
Seit einer Viertelstunde treibt es mich in den Wahnsinn. Ich spüre die Erschütterungen unter meinen nackten Füßen auf den Holzdielen.
Es pulsiert wie ein gigantisches Herz im Inneren meines Hauses. Doch ich vermeide es, nach unten zu gehen.

Ich weiß, was ich dann vorfinden werde.
Erst als nach fast einer halben Stunde Ruhe eintritt, gebe ich nach und steige die Treppe hinab.

Auf meinem Zeichenblatt ist noch immer nichts Wertvolles entstanden.
Den Blick demonstrativ abgewandt gehe ich an der Wand vorbei, an der das Gemälde hängt.

Ich will und kann es jetzt nicht ansehen.
Mit einer neuen Flasche Wein mache ich es mir wieder vor dem Fernseher bequem, falle jedoch sofort in einen tiefen, unruhigen Schlaf.

Das grelle Rauschen des Fernsehers lässt mich aus dem Schlaf schrecken.
Sofort sitze ich aufrecht und brauche einen Moment, bevor ich einen klaren Gedanken fassen kann. Auch jetzt brummt mir der Schädel, ich spüre Galle in mir hochkommen.

Wann habe ich das letzte Mal etwas gegessen?
Etwas Richtiges und nicht die alten Chips, die ich im Schrank unter der Küchenspüle gefunden und gestern gefrustet in mich reingestopft habe.

Seufzend und stöhnend stütze ich den Kopf in meine Hände, starre auf den staubigen Parkettboden, der dringend wieder gewischt werden sollte. In meinem Inneren höre ich wieder Thomas´ Stimme:

„Das kann so nicht weiter gehen... Du musst dein Leben endlich in den Griff bekommen."

Wie ein Echo verhallt sie in meinem sonst so leeren Kopf. Natürlich hat er Recht, so kann es wirklich nicht weiter gehen.

Aber hat er nicht schuld an meiner momentanen Verfassung? Schließlich hat er mich von heut auf Morgen für eine Andere verlassen.
Für eine Sophia, oder wie dieses eiskalte, männer-stehlende Miststück auch immer heißen mag. Bin ich wirklich so abstoßend, dass er mich gegen so eine Schlampe eintauscht?

Vor der Trennung habe ich gerne mal auf Partys etwas getrunken- ich habe mich jedoch niemals dermaßen zugeschüttet, wie ich es heute tue um all meinen Kummer zu ersaufen.

Heute gehe ich nicht mehr auf Partys. Die meisten unserer alten Freunde haben sich abgewendet und verbringen nun Zeit mit Thomas und Sophia, dem neuen Traumpaar.

„Ich habe alles unter Kontrolle," sage ich immer. Tief in mir spüre ich, dass das eine Lüge ist. Denn ich habe schon lange nichts mehr unter Kontrolle.
Ich bemerke, wie sich meine Augen mit Tränen füllen. Bevor sich eine einen Weg über meine Wangen bahnen kann, wische ich sie mit dem Ärmel meines Pullovers weg, als müsste ich irgendjemanden etwas vormachen.

Während der Bewegung halte ich erschrocken inne. Im Dämmerlicht des Wohnzimmers erkenne ich auf meiner rechten Hand einen großen, hartgewordenen Fleck schwarze Farbe.

Wie kommt die dahin? Ich habe mein Arbeitszimmer doch beim letzten Mal erneut ohne vorzeigbare Beweise verlassen.

Ich stehe auf und mache mich in den Weg ins Badezimmer, um die Sauerei abzuwaschen. Auf dem Weg komme ich an dem Bild vorbei.
Zufrieden stelle ich trotzgeringer Lichtverhältnisse fest, dass es diesmal nicht schief hängt. Beim Vorbeigehen werfe ich einen näheren Blick darauf. Was ich dann sehe, lässt mir das Blut in den Adern gefrieren... .

Das Bild zeigt die Silhouette eines alten Baumes, der an einem großen See steht. Im Hintergrund erstrecken sich die Berge und das Szenario ist in einen warmroten Farbton getaucht- das Licht des Sonnenuntergangs, der sich im Hintergrund der Berge dezent abzeichnet.

Das ist die Szene des Gemäldes, das ich vor einiger Zeit gemalt habe- als ich noch glücklich und verliebt war, als mir noch nicht das Herz entrissen und darauf rumgetrampelt wurde. Von ihm. Von Thomas. Doch das, was da nun in meinem Flur hängt, ist nicht mein Bild.

Dieses Bild hier ist anders. Neben dem Baum ist eine Gestalt… .

Schattenhaft und nahezu unbekümmert sitzt sie dort und scheint ihren Blick über den See schweifen zu lassen. Ich merke, wie eine Gänsehaut mich überkommt und ich unwillkürlich einen Schritt nach hinten mache.
Das kann nicht sein. Wo kommt die Gestalt her? Ich habe sie nicht dorthin gemalt und es kann niemand sonst in mein Haus gelangt sein. Niemand außer mir hat einen Schlüssel und die Türen und Fenster verschließe ich jeden Abend und kontrolliere sie noch einmal.

Mein Puls beschleunigt sich. Mit einem Mal beschleicht mich ein ungutes Gefühl. Ich spüre, dass ich nicht mehr allein bin.
Ein warmer Atem streift über meinen Nacken, ich kann diese unheimliche Nähe spüren und höre leise, aber schwere Atemzüge.
Mein Körper versteift sich. Ich wage es nicht, mich zu bewegen.

So langsam fühle ich mich wie eine Gefangene in meinem eigenen Körper. Mir ist kalt und gleichzeitig heiß vor Angst.
Langsam drehe ich meinen Kopf und werfe einen Blick über meine Schultern, gefasst darauf, meinem Angreifer ins Gesicht zu sehen... .

Doch hinter mir ist nichts. Auch die Gestalt im Bild ist plötzlich verschwunden, als hätte sie nie existiert. Ich bin alleine.

Nach dem Schreck suche ich wieder meinen Zeichenblock auf, der noch immer im oberen Stockwerk liegt. Wütend reiße ich das Papier vom Zeichenblock, zerknülle es und werfe es auf den Boden neben meinem Schreibtisch zu den anderen misslungenen Werken.

Ich schenke mir den kalten Whiskey aus der Flasche nach. Nachdem ich das dritte Glas geleert habe, verzichte ich aufs Einschenken und trinke direkt aus der Flasche. Eigentlich gibt es keine Veranlassung, weshalb ich die letzten Nächte wie eine Besessene durchgearbeitet habe. Denn vermutlich werde ich jetzt, da ich einen neuen wichtigen Abgabetermin habe verstreichen lassen, nie wieder einen Auftrag erhalten, weswegen es mir eigentlich freigestehen würde, nur noch das zu zeichnen, was ich will.
Wenn der Verlag anruft, gehe ich nicht mehr ans Telefon. Ich weiß einfach nicht mehr, wie ich sie noch vertrösten soll.

Es dauert nicht lange, bis ich das Klopfen wieder höre. Erst leise, dann steigert es sich weiter, stetig, bis es irgendwann so laut wird, dass ich es kaum noch aushalte. Ich raufe mir die Haare. So kann ich mich nicht konzentrieren.

Duck, duck, duck…
Ich halte inne und verharre einen Moment in meiner Bewegung.

Duck, duck, duck...
Es soll aufhören. Dieses Klopfen soll einfach nur noch aufhören.

Duck, duck, duck…
Ich ertrage es nicht mehr. Ich kann es einfach nicht mehr hören!

Duck, duck, duck…
Ich drehe bald durch. Wieso hört es nicht einfach auf?

Duck, duck, duck…
Geräuschvoll knalle ich den Zeichenstift auf meinen Schreibtisch.

Duck, duck, duck…
Ich weiß nicht mehr weiter. Ich stütze mein Gesicht in meine Hände und beginne zu heulen. Was kann ich nur machen?

Duck, duck, duck…
Es reicht! Ich springe auf, der Stuhl kippt nach hinten, fällt

mit einem lauten Scheppern zu Boden.

Mit lauten Schritten durchquere ich das gering beleuchtete Zimmer und reiße die Türe auf.
„Was willst du verdammt noch mal?!“
Meine wütende Stimme hallt im leeren Haus wider. Die Antwort kommt fast zeitgleich mit meinem Gebrüll:

Duck, duck, duck...
Sofort stürme ich die Treppe runter, mein Puls ist ins Unermessliche gestiegen, mich überkommt eine unbeschreibliche Wut und mit einem Mal kommt alles hoch.
Vor dem Bild bleibe ich stehen und starre entgeistert darauf.
Meine Innereien verkrampfen sich, mein Herz macht einen Sprung.
Wieder spüre ich nicht allein zu sein. Die Gestalt ist wieder da. Doch sie sitzt nicht mehr neben dem Baum. Sie steht mitten im Bild. Und obwohl es nur ihre Silhouette ist, die sich dunkel auf meinem Gemälde abzeichnet, weiß ich, dass sie mich anstarrt... .

Blindwütig reiße ich das Bild von der Wand. „ES REICHT!“, schreie ich erzürnt und laufe schnellen Schrittes zur Hintertüre, den schweren Rahmen fest in den Händen haltend.

Als ich die Türe aufreiße, weht ein kühler Wind hinein, er umschließt meine nackten Füße.
Voller Abscheu hole ich aus und schmettere das widerliche Gemälde auf die geflieste Terrasse. Beim Aufprall zerschellt der Rahmen sofort in unzählige Einzelteile.
Ich werfe ihm noch einen letzten Blick zu, bevor ich mich umdrehe und die Türe hinter mich ins Schloss werfe. Nachdem ich sie sicherheitshalber zweimal verriegelt habe, atme ich tief aus. Dann stürme ich in die Küche und reiße die Türe des Kühlschranks auf.

Sofort greife ich zu einer angefangenen Flasche Rotwein. Gierig nehme ich mehrere Schlucke in einem Zug. Ich unterdrücke abermals einen Brechreiz und fasse den Gedanken zurück, an die Arbeit zu gehen.
Doch als ich die Treppe hochgehe und mich noch einmal umdrehe, halte ich in der Bewegung inne und erstarre. Das Bild hängt an der Wand.

Es ist unversehrt. Entgeistert starre ich darauf. Das kann nicht sein. Das ist einfach nicht mehr real. „WAS WILLST DU VON MIR?“, brülle ich laut und mit Nachdruck.
„LASS MICH ENDLICH IN RUHE!“
Mit einem lauten Scheppern schmeiße ich meine Flasche gegen das Bild. Ich verfehle nur knapp und treffe die Wand, auf der ein dunkler Fleck zurückbleibt.

Abermals habe ich das beklemmende Gefühl, nicht alleine zu sein und beobachtet zu werden. Abrupt drehe ich mich um und da steht sie- mitten im Raum, dunkel und bedrohlich.
Die Gestalt meines Bildes. Erschrocken mache ich einen Schritt zurück. Da fasst mich etwas am Rücken an. In dem Moment, in dem mein Herz vor Panik aussetzt, fällt das Licht aus…

EPILOG

„Und hier haben wir das große Wohnzimmer, hell und sonnendurchflutet."
Die relative kleine und opulente Maklerin lächelt freundlich. Es ist ihr Job, freundlich zu sein.
„Gebe den Leuten das Gefühl, dass du sie magst und sie fressen dir aus der Hand. Gebe ihnen das Gefühl, dass du ihr Freund bist, und sie kaufen alles, was du ihnen vorlegst,", sagt ihr Chef immer.

Ihre Gedanken kreisen bereits um die Provision, die sie für den Verkauf dieses Hauses erhalten wird. Damit würde sie endlich den langverdienten Urlaub auf den Bahamas machen können, den sie und ihr Ehemann schon so lange geplant hatten.

Aufmerksam mustert sie das Pärchen. Sie kann anhand ihrer Mimik erkennen, dass sie positiv überrascht sind. „Ich finde es einfach umwerfend," sagt die junge Frau, die rechte Hand schützend auf ihren kugelrunden Bauch gelegt.

„Da stimme ich zu", sagt ihr frischgebackener Ehemann. „Es ist wirklich toll." Nach einigen Sekunden Pause und des Bestaunens fragt er „Wie viel Zimmer sind im Obergeschoss?"

„Drei und ein Badezimmer," antwortet die Maklerin knapp und lächelt weiterhin. Sie vernimmt, wie das Pärchen freudige Blicke austauscht. Wie sie schon im Vorgespräch erfahren hat, sucht das Pärchen ein Haus mit einem Kinderzimmer für ihren baldigen Nachwuchs. Gern darf es auch ein zweites Kinderzimmer geben.

„Ab wann wäre das Haus bezugsfertig?", erkundigt sich der Mann. Der Maklerin entgeht nicht, dass er ungeduldig ist und am liebsten bald einziehen würde.

„Sofort" lautet ihre Antwort.

„Sofort?", fragt die junge Frau. „Was ist mit dem Vorbesitzer?"

Die Maklerin überlegt. Sie möchte ihre Kunden nicht anlügen. Darum beschließt sie, die Wahrheit zu sagen, auch wenn sie vielleicht ein wenig abschreckend sein könnte:

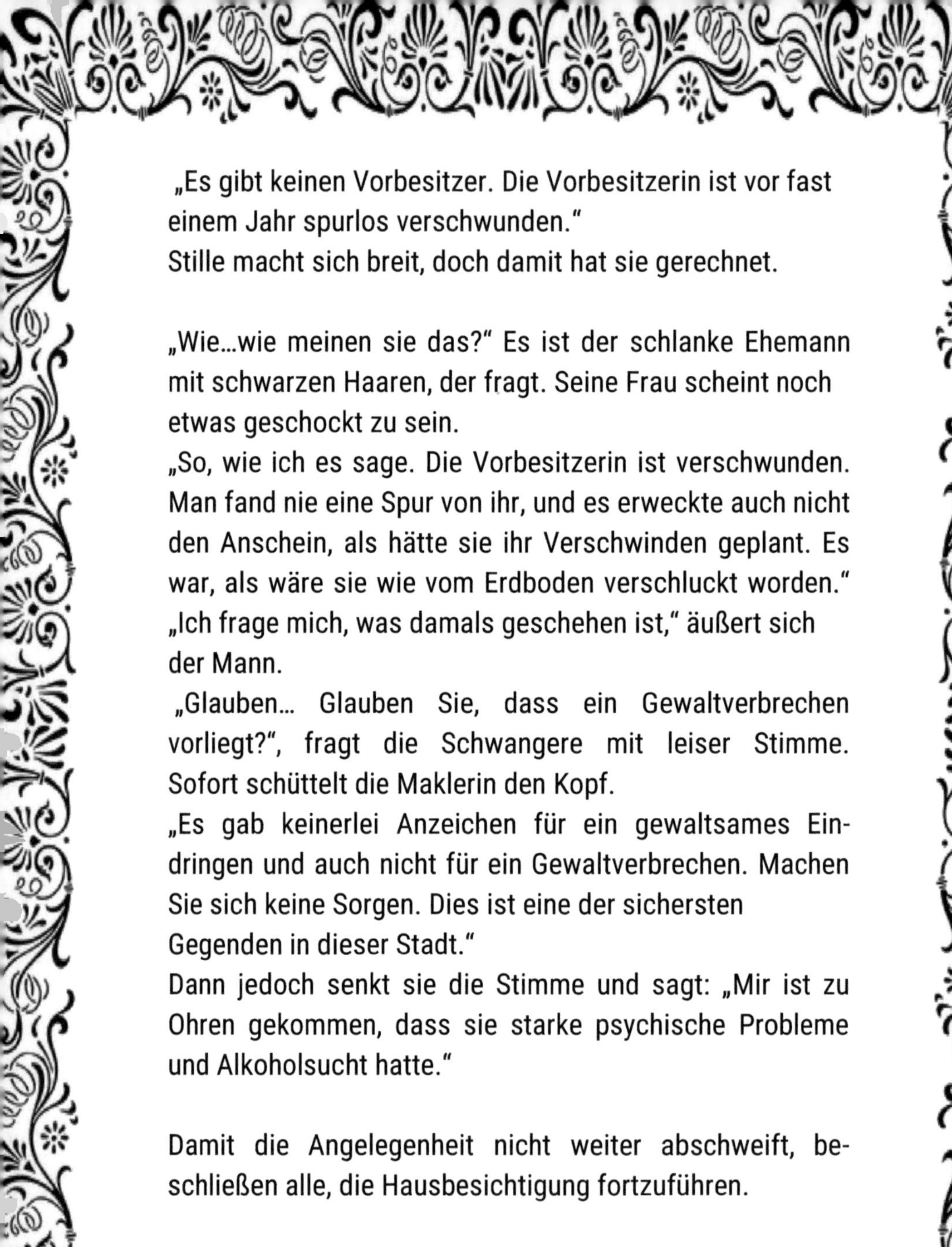

„Es gibt keinen Vorbesitzer. Die Vorbesitzerin ist vor fast einem Jahr spurlos verschwunden."
Stille macht sich breit, doch damit hat sie gerechnet.

„Wie…wie meinen sie das?" Es ist der schlanke Ehemann mit schwarzen Haaren, der fragt. Seine Frau scheint noch etwas geschockt zu sein.
„So, wie ich es sage. Die Vorbesitzerin ist verschwunden. Man fand nie eine Spur von ihr, und es erweckte auch nicht den Anschein, als hätte sie ihr Verschwinden geplant. Es war, als wäre sie wie vom Erdboden verschluckt worden."
„Ich frage mich, was damals geschehen ist," äußert sich der Mann.
„Glauben… Glauben Sie, dass ein Gewaltverbrechen vorliegt?", fragt die Schwangere mit leiser Stimme. Sofort schüttelt die Maklerin den Kopf.
„Es gab keinerlei Anzeichen für ein gewaltsames Eindringen und auch nicht für ein Gewaltverbrechen. Machen Sie sich keine Sorgen. Dies ist eine der sichersten Gegenden in dieser Stadt."
Dann jedoch senkt sie die Stimme und sagt: „Mir ist zu Ohren gekommen, dass sie starke psychische Probleme und Alkoholsucht hatte."

Damit die Angelegenheit nicht weiter abschweift, beschließen alle, die Hausbesichtigung fortzuführen.

Als sie die Führung im Obergeschoss weiterzuführen wollen, bleibt die junge Frau abrupt stehen. Neugierig und interessiert schaut sie auf etwas, das an der Wand hängt.

„Das ist ja wunderschön,“, sagte sie und fährt mit den Händen den Rahmen des Bildes entlang.
„Oh, das ist von der Vorbesitzerin. Sie war eine unheimlich talentierte Künstlerin. Ist dieses Bild nicht atemberaubend?“, meint die Maklerin freundlich.

Dann erklärt sie, „Wir haben es für die Hausbesichtigungen hängen lassen, da wir das Loch dahinter noch nicht geflickt haben. Es gab Probleme mit den Heizungsrohren, die immer ein klopfendes Geräusch verursacht haben. Wenn Sie möchten, entfernen wir das Bild selbstverständlich vor Ihrem Einzug.“
„Oh nein“, wirft die junge Frau sofort ein. „Ich finde es wunderschön. Es soll hängen bleiben.“

Das Bild zeigt die Silhouette eines alten Baumes, der an einem großen See steht. Im Hintergrund erstrecken sich die Berge und das Szenario ist in einen warmroten Farbton getaucht- das Licht des Sonnenuntergangs, der sich im Hintergrund der Berge dezent abzeichnet. Neben dem Baum stehen sie dezent und unauffällig.
Die Silhouetten eines Mannes und einer Frau.

-Ende-